Sonne · Mond und Sterne

Erstes Lesealter

Große Schrift

Viele farbige Illustrationen

Bekannte Autoren

Kirsten Boie

Linnea klaut Magnus die Zauberdose

Bilder von
Silke Brix-Henker

Verlag Friedrich Oetinger · Hamburg

Mehr über Linnea in:

Linnea geht nur ein bisschen verloren
Linnea will Pflaster
Man darf mit dem Glück nicht drängelig sein

Einbandgestaltung: Manfred Limmroth
Titelbild und farbige Illustrationen: Silke Brix-Henker
Litho: Posdziech GmbH, Lübeck
Druck und Bindung: Mohndruck GmbH, Gütersloh
Printed in Germany 1999/II*

ISBN 3-7891-0558-9

1.

„Hopp, hopp, hopp!“, sagt Papa und hält die Autotür auf. „Wir sind schon eine halbe Stunde zu spät! Da krieg ich wieder Ärger mit eurer Mutter!“
Magnus quetscht sich auf die Rückbank. Es ist das letzte Wochenende vor den Frühjahrsferien und sie haben Papa in Bremen besucht, Anna, Linnea und Magnus, aber jetzt fahren sie wieder nach Hause zu Mama. Am Schluss wird Papa immer richtig drängelig.

„Alle angeschnallt?“, fragt Papa und dreht den Zündschlüssel um. „Dann ab durch die Mitte!“
„Du musst auf meine Linni warten, Mensch!“, schreit Linnea und quetscht ihre Puppe mit unter den Gurt von ihrem Kindersitz. „Jetzt ist sie fertig. Dass du aber auch immer so ungeduldig bist!“
Magnus kichert. Jetzt will er sich was Schönes denken. In seiner Jackentasche fühlt er die Dose, und wenn er sie ein bisschen schüttelt, kann er darin etwas herumkullern hören, und da weiß er nicht mal, was das ist.
Manchmal gibt es Zauberdosen ja wirklich.

2.

Gestern Nachmittag hat Magnus Papa nämlich beim Tapezieren geholfen.
„Und war dein Geburtstag noch schön letzte Woche?“, hat Papa gefragt und sich von Magnus die Schere geben lassen. „Gut gefeiert?“
„Mhm“, hat Magnus gesagt. „Ich wünsch mir ja immer das Falsche.“
„Wieso das Falsche?“, hat Papa gefragt und eine Tapetenbahn ordentlich eingekleistert. „Das Falsche kann man sich gar nicht wünschen.“

„Und wieso krieg ich dann nie das, was ich haben will?“, hat Magnus böse gefragt. „Schon wieder kein Tier und das große Tierlexikon auch nicht? Nur so einen blöden Schlafanzug und ein Spiel?“
Da hat Papa nachdenklich geguckt. „Vielleicht zu teuer?“, hat er gemurmelt, und dann haben sie nicht mehr geredet, nur noch Tapetenbahnen eingekleistert und an die Wand gepappt.

Aber am Abend vor dem Schlafengehen ist Papa noch mal extra zu Magnus gekommen und hat ihm etwas gegeben. „Ich weiß natürlich nicht, ob das hilft“, hat Papa gesagt und ganz verlegen ausgesehen. „Aber probieren kannst du’s ja mal. Das ist eine – Zauberdose.“ Und dann hat er eine kleine Dose auf Magnus’ Schlafsack gelegt, einfach so eine alte Hustenbonbondose, die ist

ringsherum ganz fest mit Tesafilm zugeklebt. „Als ich ein Junge war, hat das mir mal ...“
Dann hat Papa die Achseln gezuckt. „Also mir hat so was mal geholfen.“
Magnus hat Papa angestarrt. Es gibt natürlich keine Zauberdosen auf der Welt, und wenn Magnus das mit sieben weiß, dann muss Papa das ja wohl wenigstens auch wissen. Wo Papa doch sonst immer so vernünftig ist.

„Sie hilft natürlich nicht bei allem“, hat Papa ganz schnell gesagt. „Aber du kannst ja mal – ja.“ Dann hat er wieder seine normale Stimme gekriegt. „Alle fertig? Dann mach ich das Licht aus.“

„Was hat er dir da für Blödsinn erzählt?“, hat Anna gefragt. Wenn sie am Papa-Besuchs-Wochenende in Bremen sind, ist Anna sowieso immer biestig.

Darum hat Magnus auch gar nicht geantwortet. „Ich will schlafen“, hat er gesagt. Aber die Dose hat er ganz schnell in seinem Schlafsack versteckt.

3.

Natürlich gibt es keine Zauberdosen, das weiß Magnus ganz genau. Aber wenn man sie nicht anguckt, fühlt sich die Dose in seiner Jackentasche auf der ganzen Rückfahrt wirklich zauberig an, und wenn Magnus sie ein bisschen schüttelt, wird sie immer zauberiger. Weil es dann rasselt in ihr drin, gar nicht besonders laut. Man kann im Leben nie wissen.

Natürlich gibt es keine Zauberdosen, weiß ich ja selber, denkt Magnus. Aber *probieren* kann ich wohl mal. Simsalabim, ich wünsch mir bitte ein Tierlexikon und ein Tier. Nun wollen wir doch mal sehen.

4.

Zu Hause wartet Mama schon. „Dass ihr auch immer so spät kommt, wenn ihr in Bremen wart", sagt sie unzufrieden und hilft Anna, Magnus und Linnea, ihre Taschen nach oben zu tragen. „Und morgen geht ihr müde in die Schule und in den Kindergarten."
„Meine Linni nicht", sagt Linnea bestimmt. „Die hat morgen Scharlach gekriegt."

Mama lacht. „Aber ihr anderen drei ja hoffentlich nicht", sagt sie und schließt die Wohnungstür auf. „Dann fangt ihr die Woche schon mit zu wenig Schlaf an und dann ..."
„Papa hat mir eine Zauberdose geschenkt", sagt Magnus schnell. „Die hat er als Junge gehabt."
Mama guckt ihn verblüfft an. „Eine Zauberdose?", sagt sie und schüttelt den Kopf. „Euer Vater? Na, das sollte mich aber wundern."
Magnus zieht die Dose aus der Tasche und hält sie Mama hin, aber da hat Anna sie sich schon geschnappt.
„Zauberdose, du tickst ja nicht mehr richtig!", sagt sie. „Da waren Hustenbonbons drin!" Und sie schüttelt die Dose, dass es immer wilder rasselt. „Und als Junge hat Papa die bestimmt

nicht gehabt. Da gab es die Bonbonmarke ja noch gar nicht!"
Magnus reißt ihr die Dose aus der Hand. „Gib her!", schreit er böse, und dann boxt er Anna auch noch ein kleines bisschen gegen den Bauch. Anna versteht nie was, dabei ist sie schon fast elf. Bestimmt haben andere Jungs nicht so gemeine große Schwestern.

„Nun lasst mal den Streit“, sagt Mama müde. „Guckt mal lieber auf eure Kopfkissen. Als ich gestern beim Einkaufen war, hab ich euch was mitgebracht. Nichts Großes“, aber Linnea ist schon losgestürmt und da geht Magnus auch.
Auf seinem Kopfkissen liegt ein Buch über Tiere in Afrika, das ist groß und blank und hat überall bunte Bilder.
„Oh, danke, Mama, danke!“, ruft Magnus und stürzt wieder auf den Flur. Natürlich ist es nicht das Tierlexikon, das er sich

gewünscht hat, das kostet ja über hundert Mark. Aber ein wunderbar aufregendes Tierbuch ist es trotzdem, mit Fotos von Afrika und mit Landkarten mit bunten Linien drin und mit nicht so viel Worten. Das Tierlexikon ist es nicht, aber wunderbar ist es trotzdem.

Linnea hat ein Kleid für ihre Linni gekriegt, das ist kariert und hat einen Spitzenkragen, und Linni sieht darin auf einmal ganz vornehm und wie eine fremde Puppe aus.

„Dann musst du deinem Balg jetzt aber auch mal das Gesicht waschen“, sagt Anna und guckt im Spiegel, wie ihr die neue Haarspange steht. „Das passt ja nicht zusammen, so ein sauberes Kleid und so ein dreckiges Gesicht.“
Linnea tippt sich gegen die Stirn. „Piep, piep, piep, Dummi“, sagt sie zufrieden. „Die ist so vornehm, meine Linni. Die pupert jetzt gar nicht mehr in ihre

Windeln“, und sie hebt den Rock vom Puppenkleid hoch und reißt Linni ihre Windel vom Po. „So machen das die feinen Damen.“

Anna zeigt Linnea einen Vogel, aber Magnus ist dazu viel zu glücklich. „Über Afrika hab ich noch gar nichts“, sagt er. „Das hast du gut ausgesucht, Mama.“ „Lag auf dem Grabbeltisch“, sagt Mama und zieht vor dem Fenster die Vorhänge zu. „Darum war es nicht mehr so teuer.

Aber jetzt musst du auch wirklich schlafen, Magnus. Sonst kriegst du morgen früh die Augen nicht auf."
Das Tierlexikon ist es natürlich nicht, denkt Magnus und zieht seinen Schlafanzug an. Aber so *ähnlich* ist es schon. Eigentlich kann ja kein Mensch genau wissen, ob es nicht doch Zauberdosen gibt. Und ob die nicht in Wirklichkeit *immer* aussehen wie Hustenbonbondosen.
„Magnus?", ruft Mama da über den Flur. „Bist du gleich fertig? Es ist fast halb zehn!"
Magnus nickt. Wenn morgen nicht die blöde Schule wäre, könnte ich noch ganz in Ruhe mein Buch angucken, denkt er und legt behutsam die Zauberdose auf seinen Schreibtisch. Die Giraffen sehen so schön aus. Die haben so liebe

Gesichter. Aber natürlich muss man mal wieder um sieben Uhr aufstehen.
Da klingelt im Wohnzimmer das Telefon.
„Geht ihr schon ins Bett!“, ruft Mama.
„Ich sag Gute Nacht, wenn ich fertig bin!“
Dann läuft sie zum Telefon.

Vielleicht kann man Giraffen auch zahm machen, denkt Magnus. Wie Hunde. Man müsste ihnen nur beibringen, dass sie mit dem Kopf nicht überall dagegen stoßen, der ist ja so hoch. Und wenn sie groß sind, kann man auf ihnen reiten. Da steht Mama in der Zimmertür.

„Magnus?“, sagt sie. „Du schläfst doch noch nicht? Das war eure Telefonkette aus der Schule. Für dich fällt morgen die erste Stunde aus“, und sie küsst Magnus auf die Stirn. „Und nun schlaf schön, mein Großer. Die Nacht ist auch so kurz genug.“
So ganz richtig kann die Dose es noch nicht, denkt Magnus, als Mama die Decke überall um ihn herum festgestopft hat und es in seinem Bett so gemütlich

und warm ist wie in einem kuscheligen kleinen Nest. Das Tierbuch ist ein Tierbuch und nicht das Lexikon, und nun fällt die erste Stunde aus, aber ich muss trotzdem schon schlafen. Vielleicht ist es nur, weil die Dose aussieht wie eine ganz normale Hustenbonbondose. Vielleicht hat sie sich noch nicht richtig daran gewöhnt, dass sie jetzt eine Zauberdose ist. Vielleicht macht sie darum beim Wünsche-Erfüllen noch Fehler. Aber zum Glück ja nur kleine.
Magnus macht die Augen zu. So ein schönes Geschenk von Papa. So zauberig und geheimnisvoll. Und niemals, niemals im ganzen Leben darf man wissen wollen, was das Rasseln innen drin ist. Dann ist der Zauber ja vielleicht verloren. Und schließlich braucht Magnus ja auch noch ein Tier.

5.

Am nächsten Morgen hätte Magnus fast vergessen, die Zauberdose in seinen Ranzen zu tun, aber dann holt er sie doch noch schnell vom Schreibtisch.
In der Schule müssen sie natürlich gleich in der dritten Stunde einen Sachkundetest schreiben, lauter schwierige Fragen, und Magnus denkt, dass die Dose da aber wirklich nicht aufgepasst hat. Der muss man wohl alles *extra* sagen, was? Dass man keinen Sachkundetest schreiben will und nicht so viele Hausaufgaben aufhaben und dass der starke André aus

der Dritten einen in der Pause nicht immer jagen soll. Das hat die Dose alles nicht gewusst und eine *richtige* Zauberdose hätte das vielleicht getan. Auch wenn man ihr vorher nicht extra Bescheid gesagt hätte.
„Nun pass aber mal besser auf, du!“, sagt Magnus, als die letzte Stunde anfängt, und legt die Dose vor sich auf den Tisch neben seine Federtasche. Da liegt sie jetzt wie eine ganz normale Hustenbonbondose, und wenn Herr Granzow vorbeikommt, sagt er vielleicht, dass Magnus in der Stunde aber keine Süßigkeiten lutschen darf. Magnus kichert.
„Na, Magnus, ahnst du schon, worüber ich mit euch sprechen möchte?“, sagt Herr Granzow. „Weil du so vergnügt bist? Über die Ferien nämlich, am Freitag

ist ja schon unser letzter Schultag. Wie heißen denn die Wochentage bis dahin, kann mir das mal einer sagen?“
Und das können natürlich eigentlich alle, sogar in der richtigen Reihenfolge, und da sagt Herr Granzow, na, dann haben sie ja so viel gelernt, dass sie sich eine Pause verdient haben.

„Aber ein Problem haben wir doch noch“, sagt Herr Granzow und setzt sich mit einer Pobacke aufs Pult. „Und das müssen wir noch klären. Wer kann mir denn wohl sagen, was unser Ferienproblem ist?“
Da meldet sich Jonas und sagt, dass

sie in den Ferien nicht das ganze Schreiben wieder vergessen dürfen und das ganze Minus, und Katja sagt, vielleicht regnet es in den Ferien, und Ali erzählt, dass er bei Regen mal ganz doll in den Matsch gefallen ist, mit Absicht, da war seine Mutter böse.
„Nein, halt, halt, halt!“, sagt Herr Granzow. „Nicht erzählen jetzt! Nun denkt mal alle ganz scharf nach. Es gibt nämlich noch was hier in der Klasse, da müssen wir uns drum kümmern! Auch wenn wir keine Schule haben. Was kann das denn wohl sein?“ Und er guckt ganz verwirrt in der Klasse herum, als ob er das alles noch nie gesehen hätte: die Bilder an der Wand mit den hübschen Fischen darauf, die sie in Kunst geklebt haben, und die Buchstabenkärtchen und die Lesekästen auf der Fensterbank.

Und da weiß Magnus es auch schon. „Frederik!“, ruft er und vor lauter Aufregung hat er sich nun nicht mal mehr melden können. „Wir können doch Frederik nicht alleine lassen!“

Dass sie daran nicht schon vorher gedacht haben! Frederik ist die Klassenmaus und er wohnt in seinem Käfig auf dem Schränkchen mit den

Lück-Kästen. Eigentlich darf man ein Klassentier ja erst in der zweiten Klasse haben, hat Herr Granzow gesagt, aber seine Klasse ist wirklich schon so groß und vernünftig, dass es auch in der ersten klappen kann. Und dann hat er ihnen beigebracht, wie man Frederik füttert und wie man Frederiks Käfig sauber macht. Und nun dürfen das jede Woche zwei vernünftige Kinder ganz alleine tun, immer ein Junge und ein Mädchen.

Nur manchmal, wenn sie in der Klasse laut sind, muss Herr Granzow mitten in der Stunde rufen, dass sie wohl alle verrückt sind. „Mäuse haben ganz feine Ohren!“, ruft Herr Granzow dann. „Das habt ihr wohl vergessen! Ihr wollt doch wohl nicht, dass Frederik krank wird von eurem Krach!“

Und dann fällt ihnen Frederik wieder ein und sie gucken alle schnell zum Käfig hin, wo die kleine Maus ganz aufgeregt durch die Gegend flitzt. Das will ja keiner, dass es Frederik an den Ohren wehtut.

Aber nun gehen sie alle in die Ferien und die Schule wird abgeschlossen, und dann steht Frederik ganz allein auf seinem Schränkchen. Und wer soll sich

dann um ihn kümmern? Der Hausmeister tut das bestimmt nicht, der ist immer so unfreundlich, und die Lehrer und die Kinder sind ja alle weg.
„Frederik!“, ruft Magnus noch mal. „Wir können doch Frederik nicht alleine lassen!“
Herr Granzow zeigt mit seinem Finger auf Magnus, als ob er ihn aufspießen will.

„Genau, unser Frederik!“, sagt Herr Granzow. „Aber eigentlich melden wir uns ja in dieser Klasse, wenn wir drankommen möchten, nicht, Magnus? Was soll denn bloß aus Frederik werden, wenn wir nicht da sind? Kann mir das mal einer sagen?“

Und das können natürlich alle, weil ja klar ist, dass man Frederik nicht zwei lange Wochen allein in der Klasse stehen lassen kann. Darum muss ihn ein Kind mit nach Hause nehmen.

„Ich, ich, ich!“, schreit die ganze Klasse durcheinander, und Clemens sagt, dass er Frederik ja zu seinem Hamster setzen kann, und Jan sagt, dass sie gerade in die neue Wohnung gezogen sind, da haben sie Platz, und Anja sagt, dass nur ihre Oma allergisch ist, und die kann solange zu Tante Elli ziehen.

„Na, wie ich sehe, wollt ihr euch *alle* um Frederik kümmern“, sagt Herr Granzow. „Das ist schön von euch. Das hatte ich von meiner Klasse auch nicht anders erwartet. Aber nun wollen wir doch mal gucken, ob es auch bei allen tatsächlich geht“, und dann fragt er, wer in den Ferien verreist, und da melden sich dreizehn Kinder.

„Ja, seht ihr, dann könnt *ihr* Frederik diesmal nicht nehmen“, sagt Herr Granzow ganz lieb. „Ich glaube nicht, dass er so gerne mit euch in den Urlaub fahren möchte. Aber vielleicht klappt es ja in den nächsten Ferien.“

Da legt Magnus ganz vorsichtig seine Hand auf die Dose. Bitte, bitte, bitte, sagt er in seinem Kopf. Sei eine Zauberdose, sei eine Zauberdose.

Er fährt in den Ferien nicht in Urlaub und zu Papa nach Bremen muss er ja auch nicht unbedingt. Und außerdem möchte Frederik Bremen doch vielleicht ganz gerne mal kennen lernen.

„Und jetzt melden sich noch mal ganz ehrlich alle, bei denen irgendwer in der Familie eine Allergie gegen Felltiere hat“, sagt Herr Granzow. „Auch wenn es nur die Oma ist.“

Da melden sich wieder ziemlich viele, auch wenn die Hände ganz, ganz langsam in die Luft gehen und manche schummeln. Jannis zum Beispiel meldet sich natürlich nicht, und dabei weiß Magnus ganz genau, dass sein Papa eine Katzenallergie hat. Aber vielleicht versteht Jannis ja auch nicht, dass eine Katze ein Felltier ist.

„Na, seht ihr“, sagt Herr Granzow. „So ganz viele Kinder sind da jetzt ja gar

nicht mehr übrig geblieben. Jetzt melden sich bitte noch mal alle, die Frederik nehmen möchten und die in den Ferien *nicht* verreisen und bei denen *keiner* in der Familie eine Allergie hat."
Und weil das so ein schwieriger Satz war, melden sich leider doch wieder ein paar von den Verreise-Kindern mit und von den Allergie-Kindern auch, aber das merkt Herr Granzow ganz schnell und zählt nach, wie viele Kinder übrig bleiben.
„Sieben Kinder!", sagt Herr Granzow und holt einen Stapel Zettel aus seiner Tasche.

„Na, das sind ja immer noch eine ganze Menge. Ihr sieben nehmt jetzt mal jeder so einen Zettel mit, den können eure Eltern unterschreiben, wenn sie euch erlauben, dass ihr Frederik nehmt. Bitte schön."

Da wird es Magnus wieder so heiß und sein Herz klopft wie verrückt. Ganz, ganz vorsichtig steckt er den Zettel in sein Mathebuch, damit er kein Eselsohr kriegt. Nur sieben Kinder für Frederik, und von den anderen hat bestimmt keiner eine Zauberdose.

6.

Natürlich ist Mama noch nicht zu Hause, als Magnus aus der Schule kommt. Da legt er den Zettel in Mamas Schlafzimmer schon mal ganz vorsichtig aufs Bett und die Dose stellt er daneben. Jetzt kann der Zauber an der richtigen Stelle wirken. „Nun renn doch nicht immer die ganze Zeit durch die Gegend!“, sagt Anna böse, als Magnus zum hundertsten Mal zur Tür gerannt ist um nachzusehen, ob Mama nicht vielleicht schon die Treppe hochkommt. „Was bist du denn so zappelig!“

„Ja, das bist du, Magnus, zappelig“, sagt Linnea und guckt ihn interessiert an. „Wie der Floh im Haberstroh. Was ist ein Haberstroh, übrigens?“ Und das dumme Kind glaubt wohl wirklich, dass Magnus ihr das jetzt erklärt.

Aber das tut Magnus ganz bestimmt nicht.

„Verschwinde, ich hab zu tun!“, sagt er stattdessen unfreundlich und schiebt Linnea weg. „Hau ab, wenn Große sich konzentrieren müssen!“

Da zeigt Linnea ihm einen Vogel und verschwindet mit ihrer Linni. Und Magnus ist sogar noch so dumm und freut sich darüber.

7.

Als Mama endlich kommt, kann Magnus nicht mal warten, bis sie ihren Mantel ausgezogen hat.

„Komm, Mama, komm schnell!“, sagt er und zieht Mama in ihr Schlafzimmer. „Ich hab einen Zettel mit, den musst du unterschreiben! Aus der Schule!“ Und er guckt aufs Bett, wo eben noch die Zauberdose und der Zettel gelegen haben, und dann merkt er, wie eine eiskalte Hand nach seinem Herzen greift. Jetzt weiß er endlich, wie das ist.

„Meine Zauberdose!“, schreit Magnus und stürzt sich auf das Bett. Da liegt der wertvolle Zettel und sieht zerknittert und zerkrumpelt aus, als wenn jemand sich einfach draufgesetzt hätte, und obendrauf liegt eine Hustenbonbondose, die ist

offen. Daneben steht Linnea und hält drei kleine weiße Bohnen in der Hand, so harte kleine weiße Bohnen, wie Mama sie auch in ihrem Küchenschrank hat für Bohnensuppe. Die müssen vorher immer erst eingeweicht werden.

„Da waren ja nur Bohnen drin, Dummi“, sagt Linnea, aber ein kleines bisschen beunruhigt sieht sie doch aus und so, als ob sie anfängt zu verstehen, dass sie vielleicht etwas Schlimmes getan hat. „Ich hab nur die Klebe abgerissen. Die Dose war ja ganz falsch! Da sollen Bonbons drin sein, eigentlich“, und sie streckt Magnus die Bohnen entgegen, als ob sie beweisen will, dass sie die Wahrheit sagt.

Aber Magnus schlägt ihr einfach auf die Hand.
„Jetzt ist das doch keine Zauberdose mehr!“, schreit er. „Die darf man niemals aufmachen! Da darf man nicht neugierig sein!“ Und dann fängt er an zu schluchzen und Linnea geht vorsichtshalber einen Schritt zur Seite, weil man ja trotzdem nie wissen kann, ob Magnus nicht vielleicht gleich ganz wütend wird und sie boxt.

„Das sind ja nur Bohnen, Dummi“, sagt sie noch einmal vorsichtig, aber dann ist sie doch lieber still, weil Magnus sich jetzt auf das Bett geworfen hat und weint, wie er vielleicht nur damals geweint hat, als Papa ausgezogen ist.
So fürchterlich und verzweifelt weint er, dass Mama immer noch nicht ihren Mantel auszieht und sich einfach nur zu

ihm auf das Bett setzt. Den Zettel legt sie aber vorher zur Seite.

„Na, na, na, Magnus“, sagt Mama verwirrt und streichelt ihm über den Hinterkopf. „Nun erklär mir doch mal, was passiert ist. Nur weil Linnea die Dose …“

„Aber jetzt krieg ich Frederik nicht!“, schreit Magnus, und weil er so viel weinen muss, ist Mamas Bettdecke schon ganz nass. „Jetzt krieg ich wieder kein Tier!“

„Kein Tier?“, fragt Mama verblüfft, aber dann versteht sie, dass es etwas mit dem Zettel zu tun hat, und fängt an zu lesen.

8.

„Du dummer kleiner Magnus“, sagt Mama und rüttelt Magnus auf ihrem Bett ein bisschen hin und her. „Und darum weinst du so doll? Weil du die Maus in den Ferien versorgen möchtest? Und jetzt glaubst du, es klappt nicht mehr?“ Und sie knipst ihre Handtasche auf und zieht einen Kugelschreiber heraus. „Guck, jetzt unterschreib ich das hier.
Ich erlaube meinem Sohn/meiner Tochter Magnus, *dass er/sie in den Frühjahrsferien die Klassenmaus Frederik zu Hause versorgen darf.*
So. Und hier schreib ich jetzt meine Unterschrift drunter. Dazu brauchst du doch keine Zauberdose von Papa!“
Da zieht Magnus ganz lange die Nase auf, und dann hebt er vorsichtig den Kopf.

„Aber die anderen!“, flüstert er, und nun muss er doch schon wieder so schluchzen, dass es ihn schüttelt. „Das sind ja auch noch sechs! Die wollen ja auch! Und ich hab doch gedacht, weil ich die Zauberdose hab ...“ Dann schmeißt er seinen Kopf wieder in die Kissen. Reden kann er vor lauter Weinen ja sowieso nicht mehr.

Linnea tippt ihm vorsichtig auf die Schulter.

„Magnus?“, sagt sie und guckt Mama ängstlich an dabei. Dann fängt sie auch an zu weinen. „Ich wollte das doch nicht, Mama! Ich wollte Magnus nicht traurig machen!“

„Herr im Himmel!“, sagt Mama, und nun ruckelt sie auch noch Linnea ein bisschen. „O du Herr im Himmel!“

„Hör mal auf, Magnus, hör mal auf!“, schluchzt Linnea. „Du kannst meine Linni haben!“ Und sie haut ihm immerzu auf den Rücken, damit er sich umdreht. „Hör mal auf!“ Dann guckt sie erschrocken hoch und plötzlich weint sie nicht mehr. „Donnerstags“, sagt sie schnell, als ob sie jetzt erst richtig versteht, was sie da eben versprochen hat. „Da kannst du meine Linni haben. Das ist auch ein Tag, donnerstags. Die andern Tage will Linni bei mir sein“, und sie packt ihre Linni vorsichtshalber ein bisschen fester und reißt sich von Mama los. Dann geht sie zur Tür.

„Hör auf!“, schreit sie noch mal und verschwindet im Flur.

Aber Magnus hört überhaupt nicht auf. Magnus weint und weint, und ob er Linni nur donnerstags haben kann oder auch an allen anderen Tagen, ist ihm völlig egal. Bis vorhin hat er eine Zauberdose gehabt und nun ist sie kaputt. Vielleicht hätte er Frederik gekriegt und nun kriegt den ein anderes Kind. Bis vorhin war das Leben in Ordnung und nun ist es so düster und traurig.
„Magnus!“, sagt Mama energisch. „Nun beruhig dich aber mal! Du hast jetzt meine Unterschrift, dass du diese Maus nehmen darfst, und wenn Herr Granzow trotzdem ein anderes Kind aussucht, ist das eben Pech! Mit Zauberdosen hat das gar nichts zu tun!“
Da räuspert sich Anna in der Tür.
„Also ich hab gehört“, sagt Anna und sie macht immer so komische Pausen, „ich

hab mal gehört …“ Dann setzt sie sich neben Magnus aufs Bett.

„Wegen den Bohnen“, sagt sie vorsichtig. „Wie das mit den Zauberbohnen ist.“

Magnus rührt sich kein bisschen. Sollen die doch alle reden! Jetzt kriegt ein anderes Kind Frederik für die Ferien, und nur, weil er so eine schreckliche kleine Schwester hat.

„Wenn einer die Zauberbohnen befreit“, sagt Anna schnell und ihre Stimme klingt ganz sonderbar, „aus der Zauberdose, dann muss er sie einpflanzen. Und wenn dann eine Pflanze daraus wächst …“ Anna zuckt die Achseln.

Magnus bleibt einen Augenblick liegen. Dann hebt er ganz vorsichtig den Kopf. „Was macht die Pflanze?“, fragt er. Bestimmt ist sein Gesicht ganz rot und verschwollen. Aber nun muss er doch wissen, was Anna erzählt.
„Na ja, die Pflanze“, sagt Anna und guckt Mama Hilfe suchend an, und da nickt Mama und zieht sich endlich den Mantel aus.
„Die Pflanze ist dann eine Zauberpflanze“, sagt Mama. „Ist doch logisch. Und der Zauber ist noch viel stärker als von einer Bohne in der Dose. Weil die Pflanze ja lebendig ist“, und sie geht in den Flur und hängt ihren Mantel an die Garderobe.
„Hol mal Töpfe aus dem Abstellschrank, Anna“, sagt Mama. „Das machen wir jetzt.“

9.

Danach sitzen sie zu viert am Küchentisch, Mama und Anna und Linnea und Magnus, und vor ihnen liegt eine Zeitung, darauf stehen drei kleine Blumentöpfe.

„Na bitte", sagt Mama. „Ganz wunderbar. Die stellst du dir jetzt auf die Fensterbank, Magnus. Und spätestens in drei Tagen kommt das erste Keimblatt. So einfach ist das."

„Kann man da Bäume draus machen?", fragt Linnea interessiert und will schon mit ihrem kleinen Finger in der Erde pulen, wo Magnus doch gerade erst die Bohne reingestopft hat. Reingestopft und begossen. „Dann braucht er ja meine Linni nicht mehr."

„Das Balg will ich sowieso nicht!", sagt Magnus und plötzlich muss er kichern.

„Nicht mal donnerstags", sagt Magnus, und dann schnappt er sich einen Topf und trägt ihn ganz vorsichtig zu seiner Fensterbank. Anna kann auch einen haben. Und weil er so nett ist, kann Linnea das auch.

10.

Vielleicht ist das mit dem Zauber natürlich alles Quatsch, denkt Magnus, als er abends in seinem Bett liegt und Mama ihn richtig gut eingemummelt und ihm einen Gutenachtkuss gegeben hat. Vielleicht ist es alles Quatsch, aber vielleicht auch nicht.
Auf der Fensterbank steht der Blumentopf auf einer alten Untertasse, und die Erde

ist schön feucht, und vielleicht guckt da schon morgen eine winzige hellgrüne Blattspitze heraus.
Und wenn Herr Granzow die Zettel einsammelt, kriegt Magnus vielleicht Frederik. Sonst hat in der Klasse ja keiner Zauberbohnenpflanzen.
Genau, denkt Magnus und macht die Augen zu. Eigentlich ist er sogar ziemlich sicher.

So kannst du deine eigene Bohnenpflanze ziehen

(Aber man weiß natürlich nie, ob es eine Zauberbohne wird.)

Nimm einen Topf mit Erde, stecke eine Bohne hinein und halte die Erde feucht. Wenn du gerade keinen Topf oder keine Erde hast, kannst du auch einfach Watte auf einen Teller legen, die Bohne hineindrücken und das Ganze anfeuchten.

Aber nach einiger Zeit musst du die Pflanze dann doch in einen Topf pflanzen, sonst stirbt sie, bevor sie richtig groß geworden ist! Schon nach ein paar Tagen kommt die erste Blattspitze aus der Erde.

Wenn du die Bohne gerade richtig gießt – nicht zu viel und nicht zu wenig –, wird die Pflanze so groß, dass du schon bald einen Stab in den Topf stecken musst, an dem deine Pflanze hochranken kann.

Auch wenn sie vielleicht keine Zauberbohne wird, ist es schön, sie zu haben!